KB005605

손님별

손님별

초판 1쇄 2015년 10월 30일
지은이 우아지
펴낸이 김영재
펴낸곳 책만드는집

주소 서울 마포구 양화로3길 99 4층 (04022)
전화 3142−1585·6
팩스 336−8908
전자우편 chaekjip@naver.com
출판등록 1994년 1월 13일 제10−927호
ⓒ 우아지, 2015

* 본 도서는 2015년 한국문화예술위원회, 부산광역시, 부산문화재단
  지역문화예술특성화지원사업의 일부 지원으로 제작되었습니다.

ISBN 978−89−7944−551−0 (04810)
ISBN 978−89−7944−354−7 (세트)

책 만 드 는 집 　시인선074

손님별

우아지 시집

책만드는집

분수, 꽃이 핀다

우아지

솟구친다
머물어지 않는
생을 위해 비상한다

편안히 드러눕기는
지복하는
저 속삭임

바닥을
박차고 올라
무지개를 그린다

절망보다는 희망에 쓰러짐보다는 일어섬에 비중을 두고
산다. 무엇이 된다는 것이 두려워 지금도 되어가는 중도에
있고 싶다. 책장은 복잡해졌지만 삶은 단순 명쾌해지고 따
라서 생각도 검소해지고 있다. 아직도 읽고 쓰는 일이 기쁨
이라 다행스럽다. 나는 시조를 사랑한다. 시조가 나를 사랑
하지 않아도 어쩔 수 없다. 시조에 관해 지극정성을 다하는
분과 인연이 닿아 네 번째 시조집을 묶는다.

－2015년 구덕산 기슭에서
우아지

| 차례 |

2부　잘 익은 가을 햇살

3부 별이 된 그대

4부 세상에서 가장 긴 인사

1부
푸른 독서

손님별

누군가 온다는 건 설레는 일입니다
기대를 등에 업고
마중하는 앳된 먹밤
이 아침 은수저 닦는 마음도 윤이 나고

간밤을 적시던 비 풀잎마다 끼운 반지
오늘을 기다렸어
양초에 불을 켜고
새하얀 순도 100% 식탁보를 꺼냅니다

오븐을 예열하는
창 너머 어스름 녘
열과 성 듬뿍 넣어 저녁을 익힙니다
가슴에 꽃이 피도록 새 밥 지어 올립니다

푸른 독서

홀로 책과 마주한 내 아버지 눈길처럼

책장을 넘길 때마다 쌓인 낙엽 향내 난다

기다린 작은 글자들 희끗한 시간 펼치고

수능시험 마친 아들 내 방을 구경한다

분류도 마치지 못한 읽을 책 남아 있는

더 이상 넘기지 못한 게으름도 꽂혀 있는

아버지 그어놓은 책갈피 속 밑줄 위에

아직 푸른 내 발자국 아들 손 잡고 와서

동행의 길에 들었다 숲으로 들어선다

동백꽃 지다

모가지
하루아침에
툭, 떨어져 철이 든다

한세상 사는 동안
영원한 게 있었던가

아무리
높은 꽃자리도
결국은 또 빈자리

명왕성

누군들 제자리서 끝내고 싶지 않으랴

어느 날 태양계서 해고 통지 받은 이후

씹다가 버린 껌 같은

비정규직

스파크spark 같은

점바치 골목

시절에 맞는 배역 다하고 저무는 길
피난살이 상처 싸맨 영도다리 바로 아래
낙오병 반바지 같은
점집 두 곳 남았다

적막의 간격을 재는 비 얼룩진 벽지 앞에
행려병자 행색으로 기운 몸 앉힌 노인
수만 겹 코발트 슬픔
여몄던 단추 푼다

흘려 쓴 장문 편지 더디 읽는 수면 위로
정갈하게 털지 못해 벼랑을 움켜쥔 눈빛
일종의 누락된 상흔
오래된 생채기다

공작새에게 배우다

참꽃 핀 서운암서 공작새 울음 들었다

야단법석 벌여놓은 큰스님 법문마다

초대형
너울성 파도
한 소식 했다는 듯

공작새 즉답 따라 가당찮아 막, 웃다가

찰나를 잡아채는 수만 볼트 순간 충격

극명히
어둠을 깨물던
죽비 소리 맞았다

저녁이 있는 날

한쪽 귀 열어놓은 새하얀 앞치마가

귀가를 받아 들고 춤추는 나비나비

꽃무늬 그릇들마다 고봉밥을 풉니다

돌쟁이 숟가락도 밥 도장 찍고 앉아

산벚꽃 송곳니가 환해지는 봄날 하루

뒤태가 아름다운 여인 해 질 녘 꽃입니다

용추龍湫 폭포

살다 살다 거침없이
추락하는 도도한 생生

떨어져 솟구쳐서 흘러가야 길이 된다

눈 뜨고
뛰어내리는
부서져서 더 눈부신

봉정암 가는 길

어둠을 제쳐 가며 등 하나 걸고 있다
봉정암 소원했던 생각도 엉겨 붙어
턱을 괸 늦은 빗소리 기억 속에 잦아든다

내 안의 적멸보궁 마디마디 딛고 선다
오르는 더딘 걸음 물음인지 울음인지
발자국
내딛는 자리
핏자국 꽃이 핀다

아픈 허리 부여잡고 모퉁이 돌아가는
깔딱 고개 숨길 이어 허공에 놓는 다리
뭇별도
숨을 고른다
지워지는 저 경계

분수, 꽃이 핀다

솟구친다
매이지 않는
생을 위해 비상한다

편안히 드러눕길
거부하는
저 손사래

바닥을
박차고 올라
무지개를 그린다

씨름에 관한 짧은 필름

보름달 모래판에 관중들이 가득하다

어르신, 코흘리개, 만물상에 엿장수도

영문도 모르는 황소 껌벅이며 끌려오고

배지기도 들배지기 뒤집기에 호미걸이

엿장수 가위질도 숨을 멈춰 바라보는

모두 다 천하장사다

산과 산이 맞붙는다

해녀 사설

내일도
안 되겠네
파도가 친다카네

용왕님요, 부탁하요 용왕제 올립미더
하늘이 해라꼬 해야 물에 들어갈 낀데
고향은 제주도지만 부산 오래 살다보이
아, 글쎄 부산 사람 다 됐다 아입니꺼
그날도 어멍 그리워 갯바위에 앉았다가
물속에 드가는 거 저승 가는 맴인 기라
숨 안 쉬고 목숨 건 돈 우리 돈은 저승 돈
한 개만, 한 개만 더 따자 그 욕심에 영 가뿌제
사는 기 시절인 기라 저물다가 뜨기도 해
눈에 비면 잡아뿌고 안 비면 못 잡는 거
용왕님 주신 만큼만 망사리 채운다꼬
해녀도 우리 대代서 인자 고마 끝난 기지
머잖아 박물관에 들앉아 안 있겠나

만다꼬
물리줄라꼬
이기 무신 업이라꼬

2부

잘 익은 가을 햇살

맨홀 위에 산다

시멘트 아스팔트 인공 피부 가진 도시
그 위에 성형하고 집 짓고 립스틱 바른
싱크홀 흐르는 걸 잊고
사는 게 연극이라며

불안을 몰아내려 주위에 꽃불 심고
저물 땐 가로등이 숨결 불어 넣는다
땅 밑을 관통하는 어둠
속은 이미 곪았는데

발 딛고 선 여기가 사람 몸 받은 벼랑
처덕처덕 바르지만 못 가린 얼룩과 상처
도시는 제가 판 함정
제 발을 빠뜨린다

자판기에 대한 다섯 가지 풍경

캠퍼스
강의 끝난 휴식 시간 머리 식힐 휴게실 앞
다른 과 여학생은 창밖 벚꽃 바라본다
따스한 커피 한 잔이
참 좋은 이른 봄날

병영
강원도 눈 오는 밤 육 사단 특급 전사
초소 근무 끝내고 독백처럼 풀어낸 잔
내 부모 내 형제 위해
후후 불며 마셔야 할

청년
복학한 늙은 학생 책 쟁반에 놓인 커피
그녀 옷은 얼룩무늬 배달 사고 난 축제 날
오해의 매듭을 풀자
엮이는 열애의 끈

중년

진급 심사 떨어진 후 술에 빠진 포장마차

거스름돈 토해내라 수없이 발길질한

그날은 폭력배였다

용서를 받고 싶다

노년

청도행 터미널에서 얼마 만의 조우인가

그날은 속절없이 가랑비만 내렸었지

잘 익은 가을 햇살이 주름 위에 내린다

은목서

불어오는 찬 바람에 가볍게 꺾이지 마라

길 끝에서 만나는 인연으로 다시 서라

대웅전
앞을 지키며
말없이 말을 건다

붉은 피 뿜어내는 대설 직전 낙엽처럼

온기가 걷힐 무렵 향기를 풀고 풀어

십일월
마지막 날에
통도사는 깊고 넓다

모히칸 스타일

모히칸 스타일로 양옆을 밀어놓고

가운데 힘준 한 줄 덩달아 세워보는

서름한
가르마 위에
젊은 꿈이 흥겹다

스타일 완성본은 다시 봐도 같은 얼굴

한 옥타브 높은 소리 머리칼 눌러본다

똑같은
이 대 팔 가르마
길을 잃은 전사여

군소 이야기

동해용왕 병중인데 토끼 간이 약이란다
별주부 감언이설에 용궁에 간 토 선생
기지로 다시 왔다는 별주부전 의심한다

귀 얇은 토 선생은 용왕에게 간 빼주고
혹, 눌러앉았는지 토끼 닮은 군소 있다
어부는 바다토끼라고 영어도 sea hare

바다풀 먹는 군소 풀 뜯는 토끼 닮았다
삶은 군소 먹다가 궁금해 펼쳐본 책
잘 먹고 잘 살았을까
동해 용궁 토 선생

춤추며 노래하며

그러니까, 옛날에는 고래가 가득했어

보름날 만월처럼 넉넉한 등지느러미

춤추며 헤엄을 치며 먼 데서 몰려왔어

바닷가 끝에 나가 수평선 바라보면

고래들 휘파람 소리 수시로 들려왔어

긴 치마 나풀거리며 돌아드는 그 사이로

수백만 년 그때부터 이미 와 있었는데

갈기 세운 야생마로 파도는 달려오고

장생포 여름밤 바다 고래의 꿈 펼친다

곶감

제 속살로 옷 짓는 게 가을 곶감 아니던가

순한 살결 굳은살로 더 깊은 속 감싼다

달달한
아픔의 수위
사랑도 그런 거지

잃어버린 너

소문만 무성하다 날 떠난 휴대폰은

이름 바꿔 산다는 둥 물 건너갔다는 둥

끝까지 함께 갈 운명 아닌 줄은 알았다

톤 높은 목소리에 등 돌린 적 있었지만

설마 그게 너와 나 이별 이유 아니겠지

되도록 곁을 주려 했던 그 마음 믿어줘

네 몸속에 저장된 비망록이 걱정이야

잘 가라 어쩌겠어 다른 인연 찾아야지

몸으로 우는 떨림이 아득하게 살아난다

자개농

내 눈길 빠져드는 칠흑의 옻칠 단장

어머니 물려준 꿈 벽 한쪽을 지켜준다

등 굽은 고샅길 따라 시집왔던 원앙 한 쌍

귀가하면 처진 마음 받쳐주는 넉넉한 품

고운 날 지났어도 그 눈빛 더 또렷한

먼 하늘 반물빛 미소 새로운 말문 열고

무릎베개 깃든 온기 그리움이 다사로워

손 모아 기도한다 오고 갔던 그때 그날

저무는 햇살 등지고 문갑 위 사진 본다

그 소녀에게

알바에 시달렸나
맥 놓고 잠들어 버린

이 시대 청춘들은
고단해서 찬란한 걸

한 번 더
솟아올라라
푸섶길도 길이다

문을 나서며

겨울이 어둠 입고 긴 발톱 드러내면

추위에 견뎌내던 지난날이 꿈이었나

새순이 연이어 돌아 한세상 푸르렀다

휘몰아친 비바람에 부러지곤 하던 가지

상처는 옹이 되어 이야기로 남았는가

가만히 두 발 모으며 출발선을 당긴다

삭지 않는 돌

바다가 먼저 와서 넓은 자리 펴고 있다

헛것들 많은 세상 눈 밝은 천마산은

산길에
조각품 풀어
감탄사를 새긴다

숲 터널 건너가면 눈 비비고 깨어난 풀밭

흙 빚고 돌도 깎은 그 숨결 이어져서

하늘이
툭 터지는 공원
햇살 밟고 길이 된다

사각지대

1
붙잡고 움켜쥐어도 눈 뜰 수 없는 바람 속을
치맛자락 나부끼며 휘적휘적 걸어간다
세상길 간다는 것이 이렇게 애가 타는

2
손톱 밑에 박힌 가시 콕콕 찔러 더 아린 날
한눈판 그 순간에 그가 나의 주인 되어
환하게 보이는 저 길, 가는 걸음 붙잡는다

3
공연 끝난 객석처럼 텅 비워야 하는 걸까
큰 것에 맘을 두면 덫에 자꾸 걸리는데
안테나 곧게 세우며 내 먼지를 닦는 저녁

3부
별이 된 그대

연두

연두가 오고 있다 산벚꽃 지고 난 뒤
반짝, 별로 채워지는 옹알이 무구한 말
희디흰 사발에 올린 어둑새벽 맑은 숫물

허공에 머문 마음 연두 보며 길을 연다
싸움하듯 몰려오는 녹음 아닌 여린 숨결
눈물이 맺혔던 자리 묶었던 몸 슬몃 푼다

숨 가쁜 나날에도 구덕산 봄은 와서
바위처럼 손 모으고 물소리도 고개 숙인
내 맘속 별이 된 그대 찰랑찰랑 살가워라

실연을 다시 읽다

성하고 환한 시간 빠져나간 가슴으로

눈부신 자국만 남은 옛 도읍 부여에 와

무표정 깊이 스며든 궁남지를 걷는다

저편에서 일렁이는 서동과 선화공주

얼굴 빨개지도록 울고 있는 단풍 아래

보듬은 발 저린 하루가 그늘을 밀어 올린다

서러운 등만 내준 뒤편을 달래는 저녁

한 척의 못 지운 마음 가닿을 곳 찾는 걸까

노을로 번져간 가을 끌어와서 덮는다

여름 우포

아침이 펼쳐놓은
잔잔한 이름, 이름

필생의 푸른 테마
바람에도 풀지 않고

태곳적
안감으로 짠
물의 융단 깔려 있다

안개와 마주하다

여직 눈물에 묻힌 채 깊을 대로 깊었다

저 밑에 가라앉은 마을도 딴 데 못 가고

안개는 물의 기도로 새벽마다 피어난다

가을에 접어들수록 허밍으로 몰려와서

설법의 경청 자리 마련하는 운문호수

저 깊이 어디에선가 더운 피 돌고 있다

봄의 뒤편

봄이란
보임의 준말
못 보던 게 보이는 봄

새봄엔
뭐가 보이나
조간 석간 수군수군

보인다
폐허 같은 지면
울화 쌓인 갈피갈피

상처

옻 올라
용트림하듯
가을 산은 장관이다

내려가다 책갈피용 낙엽 몇 장 주워 보니

곱다란 얼굴 곳곳에 아픔이 들어 있네

카메라 세례 받으며 달려 있는 단풍잎도

눈 그늘 있거나 잔주름 자글자글

영광의
금메달들도
상처로 만든 꽃이네

흰 여울 길

흰 여울 끼고 사는 집집이 붙은 창은
꿈 맑은 바다소년 싱그러운 눈동자다
탁 트인 와이드 화면 수평으로 펼친 바다

피난 끝 판잣집이 켜켜로 앉은 마을
몇 날 며칠 앓고 나서 슬픔이 해주는 밥
한 척의 굴곡진 생이 먼바다가 되었다

분유통 품어 오신 엄마 얼굴 아른대는
홍시도 술에 취해 비틀대던 비탈 바다
오후가 버스를 타고 울렁울렁 지나간다

겸손히 가야 하는 부산의 산토리니
한 발을 밟고 서면 계단은 앞에 있고
길과 길 골목골목이 살아 있는 윤슬 바다

하산

가을을 내려가는
등산객 무리 저편

고행이다
홀로 가는
노인의 등 뒤에서

배낭 속
시추 한 마리
나도 있다 컹컹컹

목어는

전생의 업業 씻기 위해
산에 온 물고기다

버릴 것 다 버리고
세상과 마주 선다

먼 그날
산다는 것은
불면면학 깃발이다

자목련과 스카프

겨우내 옹그리던 자목련이 목 내밀자
기도하던 그 염원이 눈앞에서 사라지는
춘삼월 절집 안뜰은 바람들이 몰려 산다

꽁, 싸맨 가슴까지 바람이 들어차서
자주색 스카프로 목덜미 여며봐도
풀어진 실타래마냥 자꾸만 엉키는 봄

온통 속이 벌름거려 한시도 못 참는 맘
바윗돌로 꾹 누르듯 칭칭 감아 매보지만
자목련 달려 있는 만큼 속살대는 목소리

25시 편의점

초저녁 백조들의
수면 아랜 피곤하다

알바로 움 틔우는 상아탑 푸른 나무

하품도 싱싱하구나
탱글탱글한
저 미소

바다가 열리는 날

이 땅을 오래도록 지켜온 먼바다가
흰옷 입고 달립니다
숨 가쁜 푸른 소리로
첫 울음 울고 있는 파도, 큰 파도를 깨웁니다

바람과 구름마저 내치지 않고 끌어안은
보라, 홀로 넉넉한 목숨을 준 보금자리
하늘도 실눈을 뜨고 깊은 말씀 지킵니다

지상의 꽃과 나무, 새도 다 불러들여
더 멀리, 날로 새롭게
거친 물에 길 만들고
해돋이 해넘이까지 혼불을 밝힙니다

4부
세상에서 가장 긴 인사

개망초

좌판을 걷어볼까
오일장도 파장이니

골라, 골라
떨이, 떨이
죄다 팔아넘기고

동그란
눈물 띄운 채
알종아리 만진다

가을 뱃살

헬스장 가는 길은 오래전에 잊혀졌다
러닝머신 오르던 발 가속페달 밟다 보니
뱃살이 머릿속보다 두 치 이상 무겁다

얼마만큼 걸어야만 현상 유지되는 걸까
뜻대로 되는 것이 이미 없는 이 생의 삶
앙다문 작심삼일이 이틀이면 사라진다

승강기를 타야만이 생존할 수 있는 이곳
콘크리트 밀림에서 한참을 서성이며
청춘의 지나간 전설 아득하게 바라본다

소문은 사실이다

풍문으로 들려온다
짜고 치는 고스톱 판

까막눈도 그 정도는
척 보면 딱인 걸, 뭐

파투는
뒤집어야지
새 패 다시 돌려야지

가을 운문사

흑백사진 한 장 같은 시간이 되고 싶은
십일월 운문사는 동쪽 바다 망망대해
비질을 끝낸 대웅전
순례자 길 잡는다

바람에 흩어지는 안개로 살지 마라
오히려 천리만리 진하게 확 풍기는
가다가 뒤돌아보는
그런 눈빛 담아 가라

상처를 뒤흔들어 깊을수록 넓어지는
붉은 피 흩뿌린 듯 낙엽 지는 가을 산
온몸을 휘감는 향기
경구처럼 듣는다

인제, 자작나무 숲

눈앞에 도열했다 북방의 키 큰 자작

몰아쉰 숨 고르며 동장군 상대하는

결단코
퇴각하지 않는
푸른 남자, 저 남자

곧추선 긴 밤 내내 울어대던 바다였나

인맥을 끊어내고 작위도 떼버린 채

전선에
시선 고정한
백의의 남자, 저 남자

변산 주꾸미

채석강 가는 길목 어물선 주꾸미가
까치발 딛고 섰다 '一(字)'로 쭉 나간다
제 한 몸 화살이 되어
가장 먼 곳 향한다

내 안에 찾아드는 생의 의지 퍼덕퍼덕
저승이 목전인 걸 눈치라도 챈 것일까
지워도 버거운 몸짓
봉지 속에 담아 간다

검법 劍法

묘비가 일러준다 예외 없는 생몰년도
누구나 짧든 길든 시작과 끝은 있다
한 생애
희로애락은
대시dash(−) 한 줄이 삼키고

혼자 걷는 간이역 막장으로 덮기까지
날마다 한 발 한 발 뜻이 모여 이어진 길
내 생의
진검승부 앞
훅, 머뭇거리지 마라

홍가시나무

대신동 오월 빛은 봄이 익어 녹색 천지
울타리 그쳐버린 터널 앞 모롱이 저쪽
신록의 한가운데서 홀로 가을 맞은 듯이

묵은 생生 초록 위로 꽃불이 일어난다
사는 건 열정이라며 달리는 빨간 화살
태생적
서러운 옛일
소리 높여 붉었다

소리를 찍다

미륵암 가는 길에 앙상히 선 미루나무
감싸고 보듬어줄 가슴은 야위어도
임방울 목청 닮았네
빈 가지 흔드는 소리

몸 돌려 소리 향해 셔터 찰칵 눌러본다
참새 떼 앉아 있는 지난가을 사진 한 장
아니다
보지 못했다고
없는 것도
안 본 것도

리스본 시편

대서양 바라보며 커가는 슬픔 널린

화려한 날 간직한 채 뒤안길 걷는 하오

파두는 목멘 노점상서

문득

나를

돌아본다

살구나무 아래

길갓집 담벼락에 서 있는 살구나무

다리를 건너는데 누가 날 부르는가

돌연히 저문 창문에 순간 불빛 켜진다

매달린 가지에서 떨어지는 날이 있다

노오란 살구알에 들어 있는 희로애락

흙 묻은 작은 열매들 받쳐 드는 저녁놀

세상에서 가장 긴 인사

고명딸 채 몰랐던 울 엄마 가실 채비
희어져 더 푸르게 굳어가는 얼굴 표정
눈 감고 귀만 열린 듯 둥근 귀만 보인다

식구들 맨얼굴이 차례로 마주한 날
서로 눈 맞추지도 짧은 말 섞지도 못한
앙다문 검은 울음만 끝을 모를 절벽으로

달려온 장조카도 죄인처럼 서 있는데
지수화풍 地水火風 옷 가볍게 벗는 걸까
늦가을 창밖의 비도 긴 인연 매듭 푼다

고백

봄날이면 뭐하노
너무 멀리 있는데

벚꽃 피면 뭐하노
며칠 안 가 지는데

후회는
하면 뭐하노
해도 또 할 후회를

형식은 정형을! 소재는 다양하게!
내용은 현대성을!

이승하 **시인 · 중앙대 교수**

시조는 고려조 중엽에 발생하여 말엽에 그 형태가 완성되었다. 향가에서 기원하여 고려가요의 분장分章 과정에서 형성되었다는 설이 유력하다. 고려시대의 경기체가와 속요가 새 시가 형태 모색의 과정에서 이루어진 과도기적인 시 형태라고 본다면, 시조야말로 그 모색의 과정을 거쳐서 완성된 새로운 문학 형태라고 할 수 있다. 또한 고대 시가 중에서 현대문학에까지 계승되고 있는 우리 고유의 유일한 정형시다. 역사만 갖고 따지면 일본의 하이쿠보다도 훨씬 길다. 하이쿠의 대가 마쓰오 바쇼가 1644년에 태어나서 1694년에 죽었으므로 17세기에 형식이 정립되었다고 볼 수 있다. "이화梨花에 월백月白하고 은한銀漢이 삼경三更인 제"로 시작되는 시조를 쓴 고려시대 시조의 대가 이조년은 1269년에 나서 1343년에 죽었으므로 약 4백 년이 앞선 셈이다. 그런데 오늘날 하이쿠와 시조의 위상은 천양지차다. 하이쿠 예찬론자는 옥타비오 파스·보르헤스·에즈라 파운드·롤랑 바르트 등 중남미와 서양에 깔려 있는데 우리 시조는 대학에서 연구하는 학자가 없고 아직 변변한 시조문학사 한 권 나온 적이 없다. 신춘문예를 공모하는 신문사에서도 시조는 거의 다 빼버렸다.

하지만 다행히도 시조시인들은 꾸준히 시조 잡지와 시조 시집을 내고 있다. 책만드는집 외에도 고요아침, 동학사, 시조문학사, 태학사 등 몇몇 출판사는 시조 시집을 꾸준히 내고 있다. 신춘문예 지면에서는 시조가 거의 다 사라졌지만 시조 잡지가 다수 나옴으로써 신인이 끊임없이 발굴되고 있다. 시조에 비평적 조명이 희미하게 비침으로써 논의가 잘 이뤄지지 않고 있는 것은 문제점이라고 할 수 있다. 문학평론가들이 시조를 비평하는 경우가 시에 비해 드문 것은 무슨 이유일까? 이 이유를 밝혀내 자주 비평의 대상이 되도록 노력해야 하는 것은 시조시인 당사자들의 몫이다.

우아지 제4시조집 『손님별』을 받았다. 그간 일면식도 없었고 앞서 낸 시조집을 읽어보지도 못했다. 문예지상에서도 시조 작품을 읽은 바 없으므로 난감했다. 김영재 학교 선배님의 부탁을 받잡고 시집 원고를 읽어나가면서 느낌이 왔다. 아, 시조의 품위를 잃지 않고 있구나, 정형과 전통을 지키면서도 현대적인 감각을 지닌 시조를 쓰고 있구나, 하는 생각에 해설의 글을 써보기로 했다. 시집의 제목이 된 작품이 제일 앞머리에 놓여 있다. 제목은 손님과 별을 합성한 조어다. 즉, 손님별이란 낱말은 국어사전에 나오지 않는다. 시인은 이 신조어를 왜 만들어낸 것일까?

누군가 온다는 건 설레는 일입니다

기대를 등에 업고

마중하는 앳된 먹밤

이 아침 은수저 닦는 마음도 윤이 나고

간밤을 적시던 비 풀잎마다 끼운 반지

오늘을 기다렸어

양초에 불을 켜고

새하얀 순도 100% 식탁보를 꺼냅니다

오븐을 예열하는

창 너머 어스름 녘

열과 성 듬뿍 넣어 저녁을 익힙니다

가슴에 꽃이 피도록 새 밥 지어 올립니다

─「손님별」 전문

홀로 책과 마주한 내 아버지 눈길처럼

책장을 넘길 때마다 쌓인 낙엽 향내 난다

기다린 작은 글자들 희끗한 시간 펼치고

수능시험 마친 아들 내 방을 구경한다

분류도 마치지 못한 읽을 책 남아 있는

더 이상 넘기지 못한 게으름도 꽂혀 있는

아버지 그어놓은 책갈피 속 밑줄 위에

아직 푸른 내 발자국 아들 손 잡고 와서

동행의 길에 들었다 숲으로 들어선다
    －「푸른 독서」 전문

  손님은 어원상 높임의 뜻이 포함되어 있다. 나를 찾아준
사람이기에 반갑고 존귀한 존재다. 그런데 그 손님이 다름
아닌 별이다. 별을 맞이하는 마음이 참으로 정성스럽다.
한편으로는 별과 같이 먼 곳에서 나를 찾아준 사람이기도
하다. 별빛이 지구에 당도하기까지의 시간을 생각해보면
여간 예사로운 만남이 아니다. 우리는 누군가와의 만남을
위해 이렇게 정성을 다하고 있는가? "기대를 등에 업고 /
마중하는 앳된 먹밤"이나 "간밤을 적시던 비 풀잎마다 끼
운 반지 / 오늘을 기다렸어" 같은 표현은 상큼하고 깔끔하

다. "먹"은 검은 빛깔 나는 물질이다. 먹구름이나 먹황새의 그 '먹'인 것이다. 그러니까 "앳된 먹밤"이란 초저녁을 뜻하는 것일 터, 멋진 우리말을 하나 만들어낸 셈이다. 새벽을 뜻하는 것이라면 날이 조금씩 밝아오는 시간대일 것이니 "먹밤"이라고 쓰지 않았을 것이다. 어스름 녘, "열과 성 듬뿍 넣어 저녁을 익"힌다니, "가슴에 꽃이 피도록 새 밥 지어 올"린다니 여간한 정성이 아니다. 이렇게 별(스타)을 맞이하는 정성으로 손님을 맞이하는데 그 시간대가 밤이다. 부모 형제나 일가친척을 이런 정성으로 맞이할 리 없다. 대상은 이성이다. 님이라야 한다. 화자로부터 이렇게 극진한 대접을 받는 대상은 지구 상에서 가장 행복한 사람이다. 그런데 이 작품이 시집의 첫머리를 장식하고 있다는 것은 님이 바로 이 시집의 독자라는 뜻도 들어 있지 않을까? 독자를 정성을 다해 만나겠다는 시인의 다짐으로도 읽히는 것이다.

두 번째 시 「푸른 독서」에서 해설자가 읽어낸 것은 화자의 아버지가 학식이 무척 높은 분이었다는 것이다. "홀로 책과 마주한 내 아버지 눈길"이라든가 "아버지 그어놓은 책갈피 속 밑줄 위" 같은 구절로 미루어 짐작건대 학자였

거나 문인 또는 교사였을지도 모른다. 아무튼 지식인인 아버지의 피를 이어받은 화자는 책 더미에 파묻혀 살아가고 있다. 그런데 "수능시험 마친 아들"이 화자의 방을 구경하고는 무언가 결심을 한다. "아직 푸른 내 발자국 아들 손 잡고 와서 // 동행의 길에 들었다"는 것은 대를 물려 아들 또한 "푸른 독서"의 숲에서 살아가겠다는 것일 터, 3대 문인이 탄생할지도 모르겠다.

  명왕성이 태양계 행성에서 퇴출되었다는 것은 누구나 아는 사실이다. 태양계의 행성은 수성·금성·지구·화성·목성·토성·천왕성·해왕성·명왕성 순으로 이루어져 있었는데 2006년 명왕성이 퇴출당했다. 행성이 되려면 질량이 충분해 구의 형태를 유지할 수 있어야만 하며 다른 행성 주위를 도는 위성이 아니어야 하는데, 명왕성의 경우 궤도 가까이에 있는 띠를 끌어들일 만큼 충분한 중력도 가지고 있지 않으며 다른 행성에 비해 가볍고 크기가 달보다 작고 질량도 작은 천체이기에 퇴출되었다고 한다.

  누군들 제자리서 끝내고 싶지 않으랴

어느 날 태양계서 해고 통지 받은 이후

씹다가 버린 껌 같은

비정규직

스파크spark 같은
－「명왕성」전문

  비정규직 사원은 속된 말로 '파리 목숨'이다. 사주가 재
계약을 해주지 않으면 하루아침에 실업자가 되고 만다.
직장에서 퇴출되는 것이다. 인간의 관점에서 태양계 행성
에서 명왕성을 퇴출시킨 것처럼. "씹다가 버린 껌 같은 //
비정규직 // 스파크spark 같은"이라는 대목은 두 가지를 생
각하게 한다. 스파크는 불꽃이나 불똥을 뜻하는 단어인데
해고 통지는 그만큼 충격적이라는 뜻과, 자체 발광하지
못하고 외부의 힘에 의해 잠시 생겼다가 사라지는 빛처럼
약한 존재라는 뜻. 현재 명왕성은 왜소행성으로 구분되어
18434라는 번호를 사용하고 있다. 우리 시대의 심각한 사

회문제 중 하나인 비정규직 해고 사태를 명왕성 퇴출에 연결시킨 시인의 기지가 돋보이는 작품이다.

대체로 시조는 순간의 미학을 추구한다. 어느 한순간, 어떤 한 장면을 정교하게 묘사하는 경우가 대부분이다. 사진을 보고 그림을 그리는 식이다. 예를 들면 "살다 살다 거침없이 / 추락하는 도도한 생生 // 떨어져 솟구쳐서 흘러가야 길이 된다 // 눈 뜨고 / 뛰어내리는 / 부서져서 더 눈부신"(「용추龍湫폭포」) 같은 시조가 그렇다. 물이 수직으로 낙하하며 물보라를 일으키다 다시금 계곡으로 가고 강으로 흘러가는 광경을 순간적으로 묘사하고 있다. 이와 같은 순간의 미학을 절묘하게 구축하는 기법은 시조시인들의 전매특허품이었다. 그런데 우아지의 시조는 이와는 또 다르게, 이야기가 펼쳐지는 경우가 있다. 묘사의 시조가 아니라 기술記述의 시조인 것이다. 사연이 있고 개인사가 전개되고 현대사가 펼쳐진다.

시절에 맞는 배역 다하고 저무는 길

피난살이 상처 싸맨 영도다리 바로 아래

낙오병 반바지 같은

점집 두 곳 남았다

적막의 간격을 재는 비 얼룩진 벽지 앞에
행려병자 행색으로 기운 몸 앉힌 노인
수만 겹 코발트 슬픔
여몄던 단추 푼다

흘려 쓴 장문 편지 더디 읽는 수면 위로
정갈하게 털지 못해 벼랑을 움켜쥔 눈빛
일종의 누락된 상흔
오래된 생채기다
―「점바치 골목」 전문

　부산 영도다리 아래쪽에 점바치 골목이 있었는데 이제
는 두 집만 점을 봐주고 있는 모양이다. "낙오병 반바지 같
은 / 점집" 같은 멋진 직유법과 "수만 겹 코발트 슬픔" 같
은 웅숭깊은 은유법을 동원한 이 시는, 피난 와 점집을 차
린 노인의 생애가 압축되어 있다. "흘려 쓴 장문 편지"는
노인이 이산가족의 일원임을 상기시킨다. 즉, 고향이 이북

인 것이다. 영도다리 밑에서 점집을 하며 연명해온 세월이 60여 년이다. 북의 누구로부터 받은 편지인지는 나와 있지 않지만 아내나 동생일 확률이 높다. 회한의 60년 세월이 단시조 세 수가 이어진 연시조에 입축되어 있다. 소설 한 편으로 쓸 수 있는 내용이 짧은 시조 한 편이 되었으니 얼마나 경제적인가.

서운암 큰스님의 법문을 듣다가 "공작새 즉답 따라 가 당찮아 막, 웃다가" 죽비를 맞는 일화를 소개한 「공작새에게 배우다」도 재미있지만 시조치고는 제법 긴 「해녀 사설」은 제주도 출신의 부산 사투리여서 그런지 배꼽을 잡게 한다.

내일도
안 되겠네
파도가 친다카네

용왕님요, 부탁하요 용왕제 올립미더
하늘이 해라꼬 해야 물에 들어갈 낀데
고향은 제주도지만 부산 오래 살다보이

아, 글쎄 부산 사람 다 됐다 아입니꺼

그날도 어멍 그리워 갯바위에 앉았다가

물속에 드가는 거 저승 가는 맴인 기라

숨 안 쉬고 목숨 건 돈 우리 돈은 저승 돈

한 개만, 한 개만 더 따자 그 욕심에 영 가뿌제

사는 기 시절인 기라 저물다가 뜨기도 해

눈에 비면 잡아뿌고 안 비면 못 잡는 거

용왕님 주신 만큼만 망사리 채운다꼬

해녀도 우리 대代서 인자 고마 끝난 기지

머잖아 박물관에 들앉아 안 있겠나

만다꼬

물리줄라꼬

이기 무신 업이라꼬

－「해녀 사설」전문

언뜻 봐서는 시조가 아닌 것 같은데 자세히 보면 엇시조다. 엇시조의 가장 큰 특징은 중장을 마음대로 늘여 쓸 수 있다는 것이지만, 내용에 있어서 현실을 반영하고 현실에

대해 풍자를 하는 것이다. 해녀의 넋두리로 진행되는 이 시조는 해녀 2대의 애환을 다루고 있다. 이 시의 화자는 딸 세대 해녀지만 "물속에 드가는 거 저승 가는 맴인 기라 / 숨 안 쉬고 목숨 건 돈 우리 돈은 저승 돈"이라고 한 이는 어머니 해녀다. "한 개만, 한 개만 더 따자 그 욕심에 영 가"버린 해녀도 있었던 모양이다. 그래서 "우리 돈은 저승 돈"이라는 말이 나온 것이다. 종장 "만다꼬 / 물리줄라꼬 / 이기 무신 업이라꼬"라는 말을 한 사람이 누군지는 분명 치 않다. 시적 화자가 해녀라면 시인 자신이 이 말을 한 주 체라고 할 수 있지 않을까. 경남 함양 출생이니 시인 자신 의 말로 보는 것이 좋겠다.

제2부의 두 번째 작품은 단형시조 다섯 편을 모은 것인 데 다섯 군데에 놓여 있는 자판기에 얽힌 이야기 모음이 다. 중년 편이 재미있다.

진급 심사 떨어진 후 술에 빠진 포장마차

거스름돈 토해내라 수없이 발길질한

그날은 폭력배였다

용서를 받고 싶다

—「자판기에 대한 다섯 가지 풍경」 부분

중년의 사내, 진급 심사에 떨어지고 포장마차에 가서 홧술을 진탕 마셨다. 취중이어서 그랬을까, 커피를 마시려고 자판기에 천 원짜리 지폐를 넣었는데 거스름돈이 나오지 않자 화가 난 사내는 자판기에 마구 발길질을 한다. 술에서 깨어나니 엉뚱하게 자판기한테 화풀이를 한 듯해 미안해한다는 내용이다. 이처럼 위트가 살아 있는 작품은 「맨홀 위에 산다」 「모히칸 스타일」 「군소 이야기」 「춤추며 노래하며」 「곶감」 등이다. 이 가운데 단형시조인 「곶감」을 보자.

제 속살로 옷 짓는 게 가을 곶감 아니던가

순한 살결 굳은살로 더 깊은 속 감싼다

달달한
아픔의 수위
사랑도 그런 거지

–「곶감」전문

감 껍질을 벗기고 말리면 달고 맛있는 곶감이 된다. 초
장은 그 얘기다. 껍질을 벗기면 더 단단한 껍질이 만들어
지는데, 인간의 사랑이 그렇다는 것이다. 즉, 순한 속살을
솔직하게 꺼내어 보여주는 동안 더욱 깊어지는 사랑을 이
야기한다. 껍질을 벗긴다는 것과 "순한 살결 굳은살로 더
깊은 속 감싼다"는 것을 성적인 의미로 해석할 수도 있다.
"달달한 / 아픔의 수위 / 사랑도 그런 거지"에서는 달콤하
면서도 아픈 사랑의 속성을 말해주고 있는데, 곶감에 빗대
어 인간 세상의 러브 스토리를 말해준 시인의 재치가 이
시를 살리고 있다.

휴대폰을 잃어버린 적이 있는 독자라면 다음 시조에 십
분 공감할 것이다.

소문만 무성하다 날 떠난 휴대폰은

이름 바꿔 산다는 둥 물 건너갔다는 둥

끝까지 함께 갈 운명 아닌 줄은 알았다

톤 높은 목소리에 등 돌린 적 있었지만

설마 그게 너와 나 이별 이윤 아니겠지

되도록 곁을 주려 했던 그 마음 믿어줘

네 몸속에 저장된 비망록이 걱정이야

잘 가라 어쩌겠어 다른 인연 찾아야지

몸으로 우는 떨림이 아득하게 살아난다
―「잃어버린 너」 전문

이름 바꿔 산다는 것은 남의 손에 들어갔다는 뜻이고, 물
건너갔다는 것은 중국 등지로 팔려 갔다는 뜻이다. 시조는

대화체로 전개되는데 화자는 휴대폰을 분실한 사람이며 대화의 대상은 휴대폰이다. 잃어버린 휴대폰에게 이런저런 이야기를 건네는 식인데 휴대폰의 의인화가 이 시의 특장점이다. 일상 어투도 이 시의 특징이지만 휴대폰 주인과의 이야기를 통해 인간과 인간 사이의 관계와 소통을 다루고 있다는 것도 재미를 증폭시키는 요소로 작용한다.

시인은 「자개농」 같은 고색창연한 시도 쓰지만 「맨홀 위에 산다」 같은 도시 배경의 시도 쓴다. 아르바이트 청춘을 다루기도 하고(「그 소녀에게」), 십일월 마지막 날에 통도사에 가서 마음을 닦기도 한다(「은목서」). 세상에 대한 관심의 폭이 그만큼 넓다는 뜻일 것이다.

제3부의 제목 '별이 된 그대'와 연관이 있는 시조는 「연두」와 「실연을 다시 읽다」다. 전자는 "눈물이 맺혔던 자리 묶었던 몸 슬몃 푼다"로 보아 봄기운이 가져다준 사랑의 성취를, 후자는 "얼굴 빨개지도록 울고 있는 단풍 아래 // 보듬은 발 저린 하루가 그늘을 밀어 올린다"로 보아 조락의 계절에 옛사랑을 더듬는 이의 슬픔을 다루고 있는 듯하다.

다른 시도 주로 자연의 변화를 보며 인간 세상의 희로애

락을 다루고 있다. 대표작으로 이 시조를 꼽고 싶다.

　　겨우내 옹그리던 자목련이 목 내밀자
　　기도하던 그 염원이 눈앞에서 사라지는
　　춘삼월 절집 안뜰은 바람들이 몰려 산다

　　꽁, 싸맨 가슴까지 바람이 들어차서
　　자주색 스카프로 목덜미 여며봐도
　　풀어진 실타래마냥 자꾸만 엉키는 봄

　　온통 속이 벌름거려 한시도 못 참는 맘
　　바윗돌로 꾹 누르듯 칭칭 감아 매보지만
　　자목련 달려 있는 만큼 속살대는 목소리
　　―「자목련과 스카프」 전문

　춘삼월, 자목련이 피어 있는 절집 안뜰에 서 있는 화자
는 아직은 바람이 차서 자주색 스카프로 목덜미를 여민다.
제3연을 보면 자연을 대하는 화자 마음의 자세가 아직은
봄이 아니라 겨울에 가깝다. 춘래불사춘 春來不似春인 것이

다. 추위를 느낌은 결국 마음이 춥다는 뜻, 봄이 와도 님과의 관계가 호전되지 않았다는 것을 암시한다.

제4부에서도 시인은 자연을 자연 그 자체로만 그리지 않고 자연을 대하는 인간의 마음 자세와 자연과의 거리를 논한다. 가을 운문사에 가서 "바람에 흩어지는 안개로 살지 마라"(「가을 운문사」) 하면서 삶의 자세를 다시 생각하지만 식욕의 계절이라 배가 점점 나오니 문제라고 한다.

헬스장 가는 길은 오래전에 잊혀졌다
러닝머신 오르던 발 가속페달 밟다 보니
뱃살이 머릿속보다 두 치 이상 무겁다

얼마만큼 걸어야만 현상 유지되는 걸까
뜻대로 되는 것이 이미 없는 이 생의 삶
앙다문 작심삼일이 이틀이면 사라진다

승강기를 타야만이 생존할 수 있는 이곳
콘크리트 밀림에서 한참을 서성이며
청춘의 지나간 전설 아득하게 바라본다

－「가을 뱃살」 전문

　아마도 우아지 시인이 걸어가야 할 길은 「가을 운문사」
나 「살구나무 아래」 「봉정암 가는 길」 같은 안정적인 시
조, 고풍스런 시조가 아니라 「가을 뱃살」 같은 일상성을
지닌 시조가 아닐까. 사찰에 가서 무엇을 보고 무엇을 느
꼈다 하는 것은 다른 시조시인들도 무수히 썼던 소재와 주
제다. 시조가 생활에서 우러난 것일 때, 실감이 가고 공감
이 갈 수 있다. 우리는 보통 헬스클럽 등록을 하면 처음 얼
마 동안은 열심히 나가지만 시일이 흐르면 게을러지기 쉽
다. 젊은 시절에는 웬만큼 포식을 해도 배가 나오지는 않
았는데 중년이 되고 보니 배가 계속해서 조금씩 나온다.
그래서 러닝머신에 오르는 것인데 문제는 결심의 지속성
이다. 제3연은 몸매가 날씬했던 젊은 날에 대한 향수일 테
니, 아주 많은 독자가 공감할 내용이다. 이런 시조를 보면
현대시조가 살아남으려면 어떤 지점을 공략해야 하는지,
답이 나온다. 형식은 정형성을 유지하되 내용은 현대적 감
각을 지녀야 한다는 것이 정답이 된다.

고명딸 채 몰랐던 울 엄마 가실 채비
희어져 더 푸르게 굳어가는 얼굴 표정
눈 감고 귀만 열린 듯 둥근 귀만 보인다

식구들 맨얼굴이 차례로 마주한 날
서로 눈 맞추지도 짧은 말 섞지도 못한
앙다문 검은 울음만 끝을 모를 절벽으로

달려온 장조카도 죄인처럼 서 있는데
지수화풍地水火風 옷 가볍게 벗는 걸까
늦가을 창밖의 비도 긴 인연 매듭 푼다
　　－「세상에서 가장 긴 인사」 전문

　화자의 어머니가 임종을 하고 있다. 어머니는 막 숨을
거두고 있고 가족은 어머니와 마지막 눈인사를 나눈다. 불
교에서는 사람의 육체도 죽으면 다시 지수화풍으로 흩어
진다고 한다. 그러므로 사람의 죽음을, 사람의 육신이 지
수화풍 사대로 흩어지는 것일 뿐 결코 슬퍼할 일이 아니라
고 한다. 인간의 죽음이 자연으로 돌아가는 가장 자연스러

운 회귀라고 할지라도 사별은 역시 애통한 일임을 이 작품은 잘 말해주고 있다. 한 인간의 임종을 지켰던 가족들 또한 언젠가는 임종을 맞이할 테니, 불교의 지수화풍은 진리라고 해야 할까.

마지막 50수째 작품은 「고백」이다. 우아지 시인 자신에 대한, 혹은 독자에 대한?

봄날이면 뭐하노
너무 멀리 있는데

벚꽃 피면 뭐하노
며칠 안 가 지는데

후회는
하면 뭐하노
해도 또 할 후회를
─「고백」 전문

고백하라는 말이다. 너무 멀리 있다고 망설이지 말기를.

나날이 바쁘다고 늦추지 말기를. 고백하지 못해서 후회할 거면 고백하고 나서 후회하는 것이 낫다는 뜻이다. 이 작품도 정서는 연애 감정을 보여주고 있는데, 처음 실린 작품도 경향이 그러하므로 우아지 시인은 향가와 고려가요를 창안하여 뛰어난 작품을 지은 조상의 후예임이 틀림없다. 황진이의 후예임이 분명하다. 1993년에 등단하여 이제 제4시조집을 묶으려 하니 과작 시인이라고 할 수 있겠다. 이제부터는 이 땅의 중견 시조시인으로서 더욱 활발하게 작품 활동을 해주실 것을 믿고 바라는 바이다.